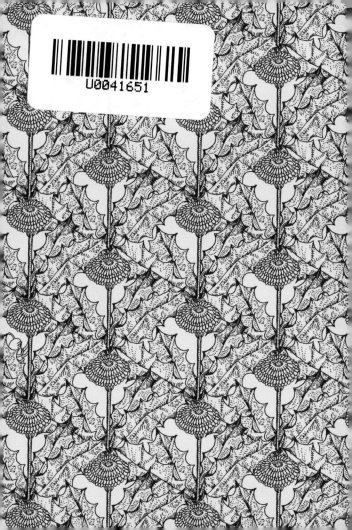

U0041651

LOVE LETTERS

小情書

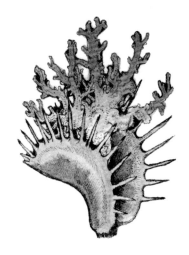

Higuchi Yuko

丁世佳　譯

1

　我　想

試　著　寫　寫

　情　書　。

不知道能夠傳遞

怎樣的情感。

能夠　順利的傳達給

那個　善良的孩子嗎？

就算傳遞不到

也沒有關係。

因為就算傳遞不到，

愛憐的　心意

也不會消失。

1

畫畫是我

非常個人的　表達。

我畫的事物

漸漸的

在我心中積累，

形成了我這個人。

在我心中　積蓄著

許許多多的事物。

每一樣都是　寶物。

1

我家貓咪的工作，

就是

每天

觀察我。

牠的工作態度

認真負責，

現在搞不好

連電話

都能接了。

不不，

我不會

這樣奢求的。

因為只要有牠

在身邊，

就已經非常幸福了。

 **1**

有腳步聲。

記憶中幸福的聲音，
和自己的腳步重合。

在旁邊默默的

陪伴。

睜開眼睛，

卻空無一物。

今天

我要畫那個孩子。

1

我做了夢。

夢中

有個女孩墜落。

我做了夢。

夢中

有個又大又美的耳朵。

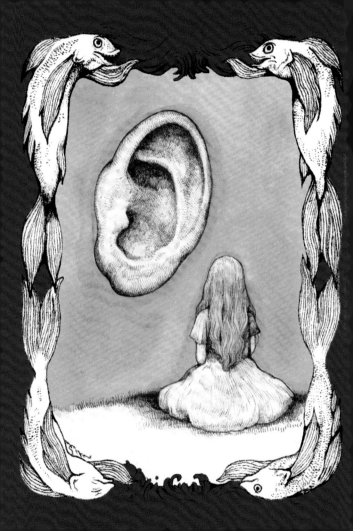

3

我做了夢。

夢中

花朵們列隊遊行。

花朵們說：

「這是夢喔。」

朋友　在哭。

怎麼啦？

為什麼

這麼傷心呢？

唉喲唉喲，

又這樣

眼淚漣漣了。

好了　你已經

不再孤單啦。

有顆蛋。

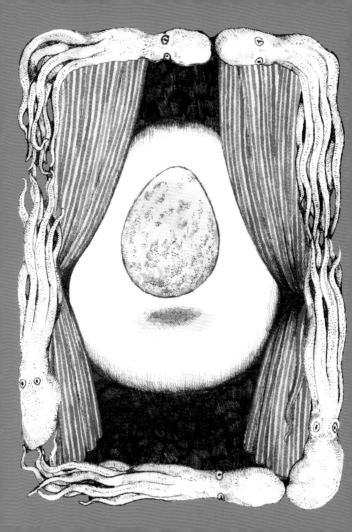

這顆蛋

充滿了不可思議的

魅力。

大家　都著迷了。

3

會孵出

什麼來呢？

在出生前，

沉穩的　熟睡，

然後再出來吧。

線的行列，

點的集合，

聚集起來　前進。

前進的終點

3

會出現什麼呢？

完。

作者　Higuchi Yuko（ヒグチユウコ）

畫家、繪本作家。一九九九年起以東京為中心，不定期展開個展與創作活動。二〇一四年出版第一本繪本《兩隻貓咪》。

http://www.higuchiyuko.com/

她的作品常以貓咪、蝸牛、蘑菇、鳥類等動植物作為主題，風格乍看甜美可愛，仔細一看又會發現藏在細節的詭異之處。這種奇妙的衝突感與充滿幻想的畫風不只博得年輕族群喜愛，也吸引了 Gucci、資生堂、戀愛魔鏡、Uniqlo、EmilyTemple cute 等流行品牌邀請合作。繪本《世界上最棒的貓》受到日本《達文西雜誌》、《讀賣新聞》推薦讚譽：「光拿在手上就是一種享受，是給予人們這麼濃郁情緒的一本繪本！」

Higuchi Yuko 以其獨有的品味與風格，在爭奇鬥豔的插畫界開拓出一條嶄新道路，是近幾年日本新銳插畫家中首屈一指的代表人物。

譯者　丁世佳

以文字轉換維口已逾半生。英日文譯作散見各大書店。近期作品有「夜巡貓」系列、《闇夜的怪物》、《在咖啡冷掉之前》、《在謊言拆穿之前》、《我想吃掉你的胰臟》、《又做了，相同的夢》、《深夜食堂》系列、《逢澤理玖》、《第五波》三部曲、「銀河便車指南」系列等。

原書設計師　名久井直子

故事館84

小情書
ラブレター

小麥田

作者：Higuchi Yuko（ヒグチユウコ）／譯者：丁世佳／封面設計、內頁編排：貝苗／責任編輯：汪郁潔／國際版權：吳玲緯／行銷：闕志勳、吳宇軒、余一霞／業務：李再星、李振東、陳美燕／副總編輯：巫維珍／編輯總監：劉麗真／發行人：謝至平／出版：小麥田出版／10483台北市中山區民生東路二段141號5樓／電話：(02)2500-7696／傳真：(02)2500-1967／發行／英屬蓋曼群島商家庭傳媒股份有限公司城邦分公司／10483台北市中山區民生東路二段141號11樓／網址：http://www.cite.com.tw／客服專線：(02)2500-7718｜2500-7719／24小時傳真專線：(02)2500-1990｜2500-1991／服務時間：週一至週五09:30-12:00｜13:30-17:00／劃撥帳號：19863813／戶名：書虫股份有限公司／讀者服務信箱：service@readingclub.com.tw／香港發行所　城邦（香港）出版集團有限公司／香港九龍土瓜灣土瓜灣道86號順聯工業大廈6樓A室／電話：+852-2508-6231／傳真：+852-2578-9337／馬新發行所　城邦（馬新）出版集團【Cite(M) Sdn. Bhd. (458372U)】／41-3, Jalan Radin Anum, Bandar Baru Sri Petaling, 57000 Kuala Lumpur, Malaysia.／電話：+603-9056-3833／傳真：+603-9057-6622／電郵：services@cite.my／麥田部落格：http://ryefield.pixnet.net／印刷：漾格科技股份有限公司／初版　2020年8月・初版三刷　2024年3月／售價：399元／版權所有　翻印必究／ISBN　978-957-8544-42-0／本書若有缺頁、破損、裝訂錯誤，請寄回更換。

小情書 / Higuchi Yuko（ヒグチユウコ）著；
丁世佳譯. -- 初版. -- 臺北市：小麥田出版：
家庭傳媒城邦分公司發行, 2020.08
面；　公分
譯自：ラブレター
ISBN 978-957-8544-42-0（精裝）
861.599　　　　　　109009343

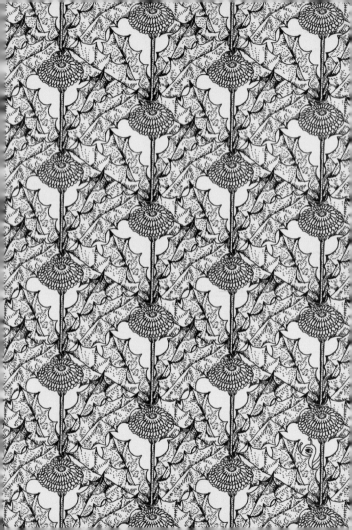